217) 1910 - Juin 9

Vente du Jeudi 9 Juin 1910

HOTEL DROUOT [...] E N° 11

Première partie

COLLECTION DE M. P. K., Amateur Russe

ESTAMPES DU XVIIIe SIÈCLE

Deuxième partie

ESTAMPES MODERNES

LA FONTAINE

N° 28 du Catalogue.

ANDRÉ DESVOUGES

M. LOYS DELTEIL

N° 190 du Catalogue.

FRAZIER-SOYE, GRAVEUR IMPRIMEUR
PARIS, 153, 157, RUE MONTMARTRE.

CATALOGUE

DES

ESTAMPES

DU

XVIIIe SIECLE

Composant la collection de M. P. K.

ET DES

ESTAMPES MODERNES

Dont la vente aura lieu

à Paris, HOTEL DROUOT, Salle N° 11

Le Jeudi 9 Juin 1910

à 2 heures précises

Par le Ministère de Me ANDRÉ DESVOUGES

COMMISSAIRE-PRISEUR

26, Rue de la Grange-Batelière

Assisté de M. LOYS DELTEIL, Artiste-Graveur, Expert

2, Rue des Beaux-Arts

CONDITIONS DE LA VENTE

Elle sera faite au comptant.

Les adjudicataires paieront *dix pour cent* en sus des enchères.

M. Loys Delteil remplira les commissions que voudront bien lui confier les amateurs ne pouvant y assister.

MM. les amateurs pourront visiter la collection, 2, *rue des Beaux-Arts*, du Lundi 6 au Mercredi 8 Juin 1910, de 2 heures à 5 heures.

DÉSIGNATION

PREMIERE PARTIE

BAUDOUIN (d'après P. A.)

1. Les Amants surpris, par Choffard (E. B. 3). Très belle épreuve.

2. Les Amours champêtres, par Choffard (7). Très belle épreuve.

3. Le Chemin de la Fortune, par Voyez l'aîné (14). Superbe épreuve.

4. Le Couché de la Mariée, par Moreau le jeune et Simonet (16). Très belle épreuve (petite épidermure).

5. Le Curieux, par Malœuvre (17). Superbe et rare épreuve, *avant la lettre*.

6. Le Danger du tête-à-tête, par Simonet (18). Très belle épreuve (cassure).

7. L'Epouse indiscrète, par N. De Launay (21). Très belle épreuve.

8. Le Léger vêtement, par Chevillet (28). Très belle épreuve.

9. Marchez tout doux, parlez tout bas, par Choffard (30). Très belle épreuve.

10. Le Matin, par E. De Ghendt (32). Superbe épreuve *avant toute lettre* et *avant la draperie*.

11. Le Modèle honnête, par Moreau le jeune et Simonet (34). Superbe épreuve.

12. La Sentinelle en défaut, par N. De Launay (44). Superbe et rare épreuve *avant la dédicace.*

13. Les Soins tardifs, par N. De Launay (45). Très belle épreuve,

14. Le Soir, par E. De Ghendt (46). Superbe et rarissime épreuve *à l'état d'eau-forte*, toutes marges.

15. Les Heures du Jour, par E. De Ghendt (32, 33, 46 et 35). Suite complète de quatre pièces. Superbes épreuves à toutes marges. Rares en cette condition.

BONNET (L. M.)

15 *bis.* Tête de Femme, d'apr. Huquier. Très belle épreuve, *tirée en sanguine.*

BOUCHER (d'après F.)

16. L'Amitié réciproque, par L. Bonnet. Très belle épreuve, *tirée en sanguine.*

17. La Laveuse, par Bonnet. Très belle épreuve sur papier bleu avec rehauts de blanc.

18. L'Oiseau chéri, par Daullé. Belle épreuve.

19. Pan et Syrinx, par Martenasie. Belle épreuve, *avant toute lettre* (petite cassure).

20. Le Réveil, par Levesque. Très belle épreuve.

21. Les trois Bacchantes, par Demarteau. Belle épreuve, *tirée en sanguine* (sans marges).

CANOT (d'après P. C.)

22. Le Maître de Danse — Le Souhait de la bonne année au grand Papa. Deux pièces par Le Bas, se faisant pendants. Très belles épreuves.

N° 14 du Catalogue.

CARINGTON BOWLES (chez)

23. *The Fashionable Shoe-Maker*... — *The Stay-Maker*... Deux pièces se faisant pendants. Belles épreuves, *coloriées*.

CHALLE (d'après M. A.)

24. La Ruelle, par Malapeau. Très belle épreuve.

25. La même estampe, *avant* la chemise rallongée. (Sans marges).

26. Le Souvenir agréable, par Vidal. Très belle épreuve.

CHARDIN (d'après J. B. S.)

27. L'Aveugle, par Surugue fils (E. B. 4). Très belle épreuve.

28. La Blanchisseuse — La Fontaine (6 et 21). Deux pièces par Cochin, se faisant pendants. Très belles épreuves *avec* la 1re adresse.

29. Le Château de cartes, par Lépicié (11). Très belle épreuve.

30. Le Dessinateur — L'Ouvrière en tapisserie (14 et 40). Deux pièces par J. J. Flipart, se faisant pendants. Très belles épreuves.

31. L'Écureuse — Le Garçon cabaretier (16 et 22). Deux pièces par Cochin, se faisant pendants. Très belles épreuves.

32. Le Jeu de l'oye, par Surugue fils (27). Très belle épreuve.

33. La Maîtresse d'école, par Lépicié (34). Très belle épreuve *avec* la date.

34. La Pourvoïeuse, par Lépicié (45). Très belle épreuve.

35. Le Souffleur, par Lépicié (48). Très belle épreuve.

36. Le Toton, par Lépicié (50). Très belle épreuve.

37. Les Tours de cartes (51). Très belle épreuve.

COSTUMES

38. Costume Parisien, 1806-1829, 347 planches *coloriées*, collées et réunies en 6 vol. in-8 cart.

39. Modes de Paris, 1830, 64 planches *coloriées*, collées et réunies en 1 vol. in-8, cart.

40. Costumes d'Acteurs et d'Actrices (Martinet), 211 planches *coloriées*, collées et montées en 4 albums in-8 cart.

DEMARTEAU (G.)

41. Femme nue, d'apr. Boucher (45). Superbe épreuve *tirée en sanguine.*

DIVERS

42. Obélisque élevé à la Gloire de Louis XVI, par De Wailly — Paysage, par J. Brown, d'apr. Rubens — Sujet mythologique, par Boydell, d'apr. S. Rosa — Pélerinage de St Nicolas, par Mathieu. Quatre pièces (3 *avant la lettre*).

ÉCOLE FRANÇAISE (XVIIIe siècle)

43. Concours pour le Prix de l'Étude des Têtes et de l'Expression — Vous pensez belle iris... — Le Devoir naturel — Le Coucher. Quatre pièces, par Flipart, Mme Du Bos, Porporati (la dernière *avant toute lettre*, coin restauré).

44. Le Jeune Élève — A ce Souris malin... — Hélas, en s'amusant... — Le Printemps — Philis — Amphitrite. Six pl. par Le Bas, Chéreau, Lépicié, etc. d'apr. Villebois, Raoux, Natoire, etc. Belles épreuves.

45. La Toilette de nuit — Ne réveillez point cette Belle — Les Gentilles Baigneuses, etc. Seize pièces d'apr. Lancret, Coypel, etc. Belles épreuves.

46. Sujets divers, 16 pl. par Ravenet, Aveline, Basan, etc. Belles épreuves.

EISEN (d'apr Ch.)

47. L'Amour Européen, par Basan. Très belle épreuve.

48. La Vertu sous la garde de la Fidélité, par Le Beau. Superbe épreuve.

FISHER (Edward)

49. Christian VII, de Danemark, d'apr. Dance. Très belle épreuve.

FRAGONARD (d'après H.)

50. Les Hazards heureux de l'Escarpolette, par N. De Launay. Très belle épreuve.

FRAGONARD & BOREL (d'après)

51. La Cachette découverte — J'y Passerai. Deux pièces, par R. De Launay, se faisant pendants. Bonnes épreuves.

FREUDEBERG (d'après S.)

52. Le Bain, par Romanet. Superbe épreuve, *avant le n°.*

GRAVELOT (d'après H.)

53. Le Lecteur, par R. Gaillard. Belle épreuve (petite cassure).

GREUZE (d'apr. J. B.)

54. Le Geste Napolitain — Les Œufs cassés. Deux pièces, par P. E. Moitte, se faisant pendants. Epreuves *avant la lettre.*

HUCK (J. G.) **JEAURAT** (E.)

55. Le Sommeil interrompu, par Young — La Vieillesse, par Lépicié. Deux pièces. Belles épreuves.

JEAURAT (d'après Et.)

56. Les Eléments, par Mme Lépicié. Suite complète de quatre pièces. Très belles épreuves.

N° 50 du Catalogue.

J. G. (d'après)

57. L'Agréable Illusion, par A. G. T. G. Très belle épreuve.

JOULLAIN (F.) — LAGRENÉE

58. Desportes, d'après lui-même, 1733 — Le Chant, par Fessard. Deux pièces. Belles épreuves.

KAUFFMAN (d'après Ang.)

59. Sujet gracieux. Belle épreuve *imp. en couleurs* (sans marge).

LA FONTAINE (Contes de)

60. Compositions de Lancret, Vleugels, Pater, Le Mesle, etc., pour les *Contes*. Douze pièces par N. De Larmessin, Fillœul, Aveline, etc.

LANCRET (d'apr. Nic.)

61. Les deux Amis, par de Larmessin (25). Belle épreuve (petite cassure).

62. Le Jeu des quatre Coins, par N. de Larmessin (44). Très belle épreuve.

63. Nicaise, par N. de Larmessin et Schmidt (53). Très belle épreuve.

64. Le Philosophe marié, par C. Dupuis (61). Belle du 1er état (petite cassure).

65. Les Troqueurs, par N. de Larmessin (83). Belle épreuve du 1er état.

66. L'Après-dinée — La Soirée. Deux pièces, par N. de Larmessin. Belles épreuves, la 1re sans marges.

LAVREINCE (d'après N.)

67. La Balançoire mystérieuse, par Vidal (9). Belle épreuve.

68. Le Coucher des Ouvrières en Modes — Le Lever des Ouvrières en Modes (16 et 36). Deux pièces, par Dequevauviller, se faisant pendants. Epreuves *avec* l'adresse du graveur (manquent un peu de conservation).

69. Ecole de Danse, par Dequevauviller (22). Bonne épreuve, *avec* l'adresse du graveur.

70. Les Offres séduisantes, par Delignon (43). Belle épreuve.

71. La Soubrette confidente, par Vidal (61). Belle épreuve (petite épidermure).

LE MIRE (Noël)

72. Ex-libris de Montaynard, d'apr. Eisen (15). Deux très belles épreuves, l'une d'un 1er état, *non décrit*, à *l'eau-forte pure*.

73. La Salle d'Armes (22), adresse d'un maître d'escrime ? Deux très belles épreuves, une *avant toute lettre*. Fort rares.

74. Billet de la *Comédie-Française. Deux Places à l'Amphithéâtre*. Deux épreuves, l'une à l'*état d'eau-forte*. Fort rares.

LE PÈRE & AVAULEZ (chez)

75. *Les Médecins botaniste et minéralogiste écrasés par le médecin à la mode*. Très belle épreuve. Rare.

LE PRINCE (d'après J. B.)

76. L'Amour à l'Espagnole, par St Aubin et Pruneau. Très belle épreuve (doublée).

MOITTE (d'après)

77. Le Bouquet déchiré, par Deny. Très belle épreuve.

78. L'Ecueil de l'Innocence, par Deny. Très belle épreuve, *avant la chemise rallongée* et *avant les noms*.

79. Le Jaloux endormi — L'Infidélité reconnue. Deux pièces, par Vidal et Dambrun, se faisant pendants. Belles épreuves.

MONNET (d'après Ch.)

80. Les Baigneuses surprises — Salmacis et Hermaphrodite. Deux pièces, par Vidal, se faisant pendants. Bonnes épreuves.

81. Jupiter et Antiope, par Vidal. Epreuve *à l'état d'eau-forte.*

82. Renaud et Armide, par Vidal. Très belle épreuve, *avant la lettre et la draperie.*

83. Vénus et Adonis, par G. Vidal. Très belle épreuve, *avant la lettre* et *avant* la draperie.

84. Le Roi d'Ethiopie abusant de son pouvoir, par Vidal. Deux très belles épreuves, une *avant toute lettre* et *avant la draperie.*

85. Renaud et Armide — La Surprise agréable. Deux pièces, par Vidal. Bonnes épreuves.

MOREAU LE JEUNE (d'après J. M.)

86. *Monument du Costume physique et moral de la fin du dix-huitième siècle....* — Neuwied, 1789. titre, avis des éditeurs, texte (2 feuillets incomplets) et suite complète des 26 planches (2e et 3e cahiers). Belles épreuves à toutes marges (1 planche mal conservée, quelques cassures en marges à plusieurs planches).

87. Le Pari gagné, par Camligue. Belle épreuve, toutes marges.

NERBÉ

88. Familiarité dangereuse. Superbe épreuve, *avant toute lettre.*

PATER (d'après J. B.)

89. *L'Orquestre* (sic) *de village*, par Ravenet. Très belle épreuve.

N° 90 du Catalogue.

PORTRAITS

90. Devonshire (Cse de) — Hélène Lambert — Chartres (Duc de) — Bienfaisance du Roy. Quatre pièces, par Lombart, Drevet, Daullé et Le Vasseur.

91. Carlisle (Csse Marguerite de) — Largillierre (Marguerite de) — Louis XIV à différents âges — Maria Knodin — Mme W*** — Angoulême (Dsse d'). Six pièces, par P. Lombart, Wille, Holzhalb, etc.

RAOUX (d'après J.) .

92. Méfiez-vous Philis, par N. Dupuis. Très belle épreuve.

REMBRANDT VAN RIJN

93. Trois têtes de Femmes (B. 367). Belle épreuve.

ROMNEY (d'après G.)

94. The Honble Augustus Keppel, par W. Dickinson, 1779. Superbe épreuve.

SAINT-AUBIN (d'après Aug. de)

95. Le Bal Paré — Le Concert. Deux pièces, par A. J. Duclos, se faisant pendants. Belles épreuves.

96. *The Place to the first occupier — The First Come best served.* Deux pièces de forme ovale, par Sergent, se faisant pendants. Superbes épreuves, *imp. en couleurs.*

SCHALL (d'apr. F.)

97. La Comparaison, par Bouillard et Dupréel. Très belle épreuve, *avant toute lettre.*

SCHENAU (d'apr. E.)

98. La Cuisinière surveillante, par Romanet. Très belle épreuve.

99. Les Défauts corrigés par l'affront, par J. Ouvrier. Belle épreuve.

100. L'Origine de la Peinture — La Lanterne magique. Deux pièces par J. Ouvrier, se faisant pendants, une en très belle épreuve.

SCHIAVONETTI LE JEUNE (N.)

101. Mort de Marat, d'apr. Pellegrini, 1794. Très belle épreuve.

SCHMIDT (G. F.)

102. Grapendorf (B^{nne} de), d'après B. N. Lesueur. Belle épreuve. Rare (doublée).

SCHRODER (d'après H.)

103. Les Frères Pixis, musiciens, par C. Pfalz, 1800. Belle épreuve *tirée en bistre* (cassure).

SCHULZE (C. G.)

104. Ganymède, d'après Rembrandt van Rijn. Très belle épreuve, *avant la lettre.*

TARDIEU (P. A.)

105. L'Espoir du Retour, d'apr. Kimly. Très belle épreuve.

TOUZÉ (d'après)

106. Le Charlatan — Le Conducteur d'ours. Deux pièces par Miger, se faisant pendants. Très belles épreuves.

VIEN (d'apr. J. M.)

107. La Jeune Corinthienne — Offrande à Vénus — La Vertueuse athénienne — L'Offrande ingénue — La jeune Circassienne. Cinq pièces par Flipart, Basan et Beauvarlet. Belles épreuves.

WATTEAU (d'apr. Ant.)

108. Pomone, par Boucher (41). Belle épreuve.

109. Les Enfants de Bacchus, par Fessard (37). Très belle épreuve.

110. La Cascade, par Scotin (115). Très belle épreuve.

111. Comédiens François, par J. M. Liotard (64). Très belle épreuve.

112. Les Plaisirs de l'Été, par Picot. Belle épreuve (la lettre non encrée).

WILLE FILS (d'après P. A.)

113. Le Miroir consulté. Très belle épreuve, *avant toute lettre*.

113 *bis*. Sous ce numéro, il sera vendu quelques planches de costumes, caricatures anglaises, sujets gracieux de Devéria, etc.

DEUXIÈME PARTIE

BACHER (Otto H.)

114. A Venise. Très belle épreuve sur japon, *signée*.

BERTHON (Paul)

115. Femme nue assise — Femme nue debout — La Source. Trois pièces *imp. en couleurs*, une *signée*.

116. Vision antique — La Viole — La Viole de gambe. Trois pièces. Très belles épreuves *imp. en couleurs*.

BERTON (Armand)

117. La Toilette. Très belle épreuve *tirée en 2 tons*, *signée (n° 25)*.

BLANC (Paul)

118. Le Chemineau assis. Très belle épreuve, *signée*.

BRACQUEMOND (Félix)

119. Fables de La Fontaine. Suite complète de six pièces, d'après Gustave Moreau (795-800). Très belles épreuves.

BUHOT (Félix)

120. Au Fil de l'eau, d'ap. G. Jundt (G. B. 5) — Japonisme (11), épreuve sur papier jaune, à semis d'or — L'Etang de la Bièvre (43). Trois pièces. Belles épreuves.

121. Ma petite Ville (27). Très belle épreuve, *timbrée*.

122. L'Anesse Marie-Jeanne (56) — Entrée de Landemer (57) — Cacoletière assise (58). Trois pièces.

123. La Maison d'Orléans, à Valognes (65) — Le Réveillon (67). Deux pièces. Très belles épreuves, *timbrées*.

124. Pluie et Parapluie (68) — Les Noctambules (69). Deux pièces. Très belles épreuves, une *signée*, l'autre *timbrée*.

125. La Ronde de nuit (70) — L'Angélus ou le Crépuscule (73). Deux pièces. Très belles épreuves, *timbrées*.

126. Les petits Chiffonniers (75) — L'Orage, d'apr. Constable, 2ᵉ état (145). Deux pièces. Très belles épreuves, la seconde *timbrée*.

127. Les Gardiens du Logis (76). Très belle épreuve, *signée*.

128. La Traversée (143). Très belle *épreuve d'essai*, tirée en 2 tons, *signée*.

129. Le Peintre de Marine (146). Très belle épreuve, *timbrée*.

130. Les petites Chaumières (149). Superbe épreuve, *avec dédicace*.

131. Les grandes Chaumières (150). Superbe épreuve, *timbrée*.

132. Les Bergeries (151). Très belle épreuve, *timbrée*.

133. Chapelle Sᵗ-Michel de l'Estre (152). Très belle épreuve, *timbrée*.

134. Souvenir de Medway (153). Très belle épreuve, *timbrée*.

135. Le petit Enterrement (154). Très belle épreuve, timbrée.

N° 145 du Catalogue.

136. Environs de Gravesande (157). Superbe épreuve, *signée*.

137. Le Hibou (161). Très belle épreuve, *timbrée*.

138. Baptême japonais (167). Très belle épreuve *tirée en bistre, signée*.

139. Le Château des Hiboux et Ex-libris Le Rey (168 et 51). Très belle épreuve *tirée en 2 tons, signée*.

140. Zigzags d'un curieux (172). Très belle épreuve du 2e état, sur japon, *signée*.

141. Enfant dessinant (Jean Buhot). Très belle épreuve sur japon. Rare.

142. La Tiare (173). Très belle épreuve, *timbrée*.

BURGER — CHARPENTIER — GRASSET DE GROUX

143. Elle sort — La Violoniste — Ste Cécile — Le Christ aux outrages (reproduction). Quatre pièces. Belles épreuves.

CANALS — GUIGNET

144. Danse en Espagne — La Guitariste. Deux pièces. Très belles épreuves, sur japon, *signées*.

CHAHINE (Edgar)

145. Le Chemineau. Superbe épreuve, *signée* et *numérotée* (18).

146. La Vieille. Superbe épreuve du 1er état, *signée* et *numérotée* (6).

147. Déménagement de chiffonniers. Très belle épreuve, *signée*.

DELATRE (Eugène)

148. Le Moulin Rouge — Rue de village, la nuit. Deux pièces. Très belles épreuves, *imp. en couleurs* ou en *ton bleu*, *signées*.

DELCOURT (Maurice)

149. La Modiste. Très belle épreuve, *imp. en couleurs*, sur japon, *signée*.

DESBOUTIN (M.)

150. La Sortie de bébé. Très belle épreuve, *signée*.

151. Desboutin, par lui-même — Puvis de Chavannes. Deux pièces. Belles épreuves, la 1re *signée*.

FANTIN-LATOUR (H.)

152. Duo des Troyens, 1re pl. (10). Très belle épreuve sur chine bleu, *avec dédicace*. Rare.

FORAIN (d'après J. L.)

153. La Sortie de l'actrice, par Florian. Fumé avec remarque, sur japon pelure.

153 *a*. Feuille de croquis (M. G. 24). Superbe épreuve du 2e état (sur 3).

153 *b*. Le Bain, en hauteur (54). Superbe épreuve sur chine fixé sur japon.

153 *c*. Portraits d'Auguste Renoir (76 à 79). Suite des quatre pièces. Très belles épreuves sur japon (Pierres effacées).

153 *d*. Femme en buste, tournée à droite. *Pièce non décrite*. Seule épreuve connue. *Signée*.

FRÉLAUT (Jean) — BEAUFRÈRE (L.)

154. Le Laboureur — Les Huttes. Deux pièces. Très belles épreuves, *signées* et *numérotées*.

GUYS (Constantin)

155. Scène de genre. Dessin à la plume et encre de chine, légers rehauts.

HADEN (F. Seymour)

156. Thomas Haden, grand père de l'artiste. Très belle épreuve.

157. Paysage (Kew). Très belle épreuve sur japon, *signée*.

HELLEU (Paul)

158. Les Tanagra. Très belle épreuve, *signée*.

159. La Pensive et étude de fillette. Très belle épreuve, *signée*.

160. Songerie. Très belle épreuve, *signée*.

161. Sept Têtes de Femmes et d'Enfants. Très belle épreuve, *signée*.

LALAUZE (Adolphe)

162. Werther. 5 pl. (sur 6). 1886, épreuves *avant la lettre*.

LAUTREC (H. de Toulouse)

163. *Treize lithographies, par H. de Toulouse-Lautrec, tirage spécial pour « LES XX »* titre et 13 pl. en double épreuve (sauf deux pl. en un seul exempl.), dans le cart. de publ.

163 *bis*. Le Tonneau. Très belle épreuve, *imp. en couleurs, signée* (n° 33).

LEGRAND (Louis)

164. Prostitution (R. 64). Très belle épreuve sur japon, *signée*.

165. Invitation, épreuve sur japon, *avant la lettre, signée* — Flore artificielle. Deux pièces.

LEPÈRE (Auguste)

166. Un Enterrement dans le Marais Vendéen (126). Très belle épreuve, *avec remarque, sur parchemin, signée*.

Nº 152 du Catalogue.

167. Rue de la Montagne Ste Geneviève (146). Très belle épreuve sur japon pelure, *signée*.

LEYS (Henri)

168. Joueur de violon (9). Belle épreuve sur japon, *avec* la marque de l'étau. Rare.

LEYS (H.) — MATHEY (P.)

169. Promenade hors des murs — Croquis intimes. Deux pièces. Très belles épreuves, la seconde *signée*.

LUCE (Maximilien)?

170. Paysanne. *Dessin* au crayon noir.

MAURIN (C.) — ROBBE (M.)

171. La Harpe éolienne — La Marguerite. Deux pièces. Très belles épreuves, *imp. en couleurs*, *signées*.

PIGUET (R.) — VIDAL (P.)

172. Le Retour de la pêche — Au Moulin-Rouge. Deux pièces. Très belles épreuves, l'une *avec double remarque*, sur japon, *signées*.

RAFFAELLI (J. F.)

173. Bords de rivière (avec femme et chien). Très belle épreuve, *imp. en couleurs*, *signée* et *numérotée* (31).

RASSENFOSSE (A.)

174. Affiche du Salon des Cent, épr. *avant la lettre*.

REDON (Odilon)

175. Hantise. Très belle épreuve, *signée*.

176. Parsifal — Entretien mystique. Deux pièces. Très belles épreuves sur chine, *signées*.

N° 168 du Catalogue.

REMBRANDT VAN RIJN

177. Vieille à la guimpe (358) — Vieillard chauve à barbe courte (306). Deux pièces. Belles épreuves.

RENAULT (Malo)

178. En Victoria. Très belle épreuve, *imp. en couleurs*, *signée* (n° 15).

ROCHE (Pierre)

179. Le Centaure et la Nymphe. Très belle épreuve sur japon, *signée*.

RIVIÈRE (Henri)

180. L'Hiver. Epreuve montée sur toile.

181. Les Aspects de la nature. Suite complète de 12 planches tirées en couleurs.

ROPS (Félicien)

182. L'Oncle Claes et la tante Johanna (E. R. 42). Très belle épreuve *avec remarque*, sur japon, *signée*.

183. Zud-West (86). Epreuve sur japon, *signée*.

184. La Grève, petite planche (121) — Le Semeur de paraboles (130). Deux pièces. Belles épreuves, la seconde sur japon.

185. La Migraine (134). Très belle épreuve, *signée*.

186. Les Champs (166). Très belle épreuve, *signée*.

187. Offertoire (280). Très belle épreuve, *signée*.

188. La jolie Fille en chemise (296). Très belle épreuve de la planche entière, sur japon, *signée*.

189. La Presse, adresse de F. Nys (328) — Les Amusements des Dames de Bruxelles (353). Deux pièces. Belles épreuves, la seconde sur japon.

190. Le Sire de Lumay (358). Très belle épreuve avec *cinq* importants *croquis* à la plume et au crayon noir, dans les marges.

191. Le Christ au Vatican (417), Très belle épreuve sur japon, d'un *état intermédiaire* entre les 3e et 4e décrits, *signée*.

192. Petit modèle (533). Très belle épreuve sur japon, *signée*.

193. La Cantinière des Pilotes (572). Très belle épreuve, *signée.*

194. La grande Lyre (678). Très belle épreuve avec les croquis, sur japon, *signée.*

195. Holocauste. Très belle épreuve.

196. Juif et Chrétien (103 des lith.). Belle épreuve sur chine (remontée).

197. Un Marchand de sable (143). Belle épreuve.

STEINLEN (Th. A.)

198. Les Chats, impression sur étoffe — Bal public, épr. retouchée. Deux pièces.

TISSOT (J.)

199. Le Croquet (33). Très belle épreuve.

VALLOTTON (Félix)

200. Portrait de l'Artiste — Le Beau soir — Le Suicide — L'Enterrement. Quatre pièces. Belles épreuves *(3 signées).*

VILLON (Jacques)

201. La Cigarette. Très belle épreuve *imp. en couleurs, signée* (n° 22).

WALTNER (Ch. A.)

202. Tête de Femme, d'apr. E. Carrière, *imp. en sanguine, sur parchemin, signée des artistes.*

ZILKEN (Philippe)

203. Le Matin en Automne — Près de Delftshaven. Deux pièces. Très belles épreuves sur japon, *signées.*

IMPRIMERIE
FRAZIER-SOYE
153-157, Rue Montmartre
PARIS

Imprimé en France
FROC032044060720
24426FR00009B/138

9 782329 4204